VENTE

du 20 Mai

Collection C.

BAGUES ANTIQUES

PARIS — 1911

IMPRIMERIE MAULDE et RENOU

MAULDE, DOUMENC ET Cie

IMPRIMEURS DE LA COMPAGNIE DES COMMISSAIRES-PRISEURS

Rue de Rivoli, 144

COLLECTION C***

BAGUES ANTIQUES

ET MODERNES

Ivoires et Émaux du Moyen Age
Portrait du XVIᵉ Siècle

VENTE AUX ENCHÈRES

A L'HOTEL DROUOT — SALLE Nᵒ 9

Le Samedi 20 Mai 1911

A DEUX HEURES PRÉCISES

<table>
<tr><td>COMMISSAIRE-PRISEUR
Mᵉ BAUDOIN
10, Rue de la Grange-Batelière
PARIS</td><td>EXPERTS
MM. ROLLIN & FEUARDENT
4, Rue de Louvois — PARIS
Et à LONDRES:
66, Great Russell-Street, W. C.</td></tr>
</table>

EXPOSITION

Avant la vente, de 1 à 2 heures

CONDITIONS DE LA VENTE

La Vente sera faite **au comptant**.

Les Acquéreurs paieront **dix pour cent** en sus des enchères

L'Exposition mettant le public à même de se rendre compte de l'état et de la nature des objets, il ne sera admis aucune réclamation une fois **l'adjudication prononcée**.

Les Experts se réservent le droit de réunir ou de diviser les lots.

Ils se chargent, aux conditions habituelles (5 % sur le prix d'adjudication), des commissions qu'on voudra bien leur confier.

NOTA. — *Cette Collection a été formée dans le but de reconstituer l'historique de la bague depuis l'antiquité jusqu'à nos jours.*

Elle renferme, en effet, des échantillons très variés, recueillis un peu partout et appartenant à la plupart des peuples antiques ; surtout la série mérovingienne y est abondamment représentée. Le collectionneur lui-même a d'ailleurs fait connaître un certain nombre de ces bagues, soit par la « Revue archéologique », soit par la Revue « Les Arts » (mars, 1907). Pour ne pas détruire cet ensemble, déjà très instructif, nous sommes autorisés à mettre aux enchères, avant la vente en détail, les nos 1 à 302 au prix de 8.000 francs.

MAULDE, DOUMENC et Cie, imprimeurs de la Cie des Commissaires-Priseurs, rue de Rivoli, 144.   500—69133

BAGUES ANTIQUES,

MÉROVINGIENNES et MODERNES

1 — Femme drapée, assise à g. sur une chaise et jouant à la balle. — Or. — Chaton elliptique, travail grec. — Trouvée en Calabre. — *Planche I.*

2 — Minerve debout à g., tenant sa lance et une chouette; un bouclier est à ses pieds. — Or. — Trouvée à Rome.

3 — Femme assise à g. sur une chaise à dossier et jetant des grains d'encens dans la flamme d'un thymiaterion. Au ciel, le croissant. — Or. — *Planche I.*

4 — Le centaure Chiron assis à g. et portant l'enfant Achille, un arc et une flèche. — Bronze. — *Planche II.*

5 — Amour adolescent assis à dr. sur la base d'une colonnette funéraire et s'appuyant sur un flambeau renversé. La colonnette est d'ordre corinthien et surmontée d'une figurine d'Amour, courant à g. et tenant aussi un flambeau ren-

versé. — Or, fonte pleine, chaton orbiculaire. — Travail hellénistique d'une grande beauté. — Trouvée dans le Péloponèse. — *Planche I*.

Collection d'un archéologue-explorateur (Vente à Paris, 1905), n. 57 (*Pl. IV*).

6 — Bague d'or ciselée à jour et ornée de deux primes d'émeraude carrées, taillées en cabochon. — *Planche I*.

7-8 — Deux Bagues égyptiennes, fragmentées, en terre émaillée de bleu, l'une ornée d'un scarabée.

9 — Bague en fer doré. -- Sur le chaton, un buste (en ronde-bosse) drapé, de face, coiffé d'un bonnet phrygien.

10 — Bague égyptienne en terre émaillée de bleu. — Sur le chaton, un buste de déesse, découpé, avec le klaft, le pschent et l'égide. Le buste repose sur une fleur de lotus.

11-12 — Autre, en terre émaillée, et un scarabée mobile (trouvé en Etrurie) dans un anneau d'argent.

13 — Petite Bague d'or avec un scarabée mobile en jaspe rouge.

14 — Bague d'or sertie d'un scarabéoïde en terre émaillée, dont les deux faces sont à découvert.

15-16 — Deux Bagues oblongues égyptiennes, l'une en bronze, l'autre (fragment) en terre émaillée.

17 — Buste drapé à g., entouré d'une légende en **pehlvi**. — Bague ciselée, sassanide, en jaspe noir.

18 — Bague d'or cordelée, le chaton en forme de bouclier béotien. Sujet : un lion et un cygne. Fleurons dans les champs, et au centre un alvéole destiné à une pâte de verre. — Ancien style. — *Planche I.*

19 — Bague de bronze, le chaton découpé en bouclier échancré.

20-21 — Deux Bagues de bronze : lion attaquant un cerf, etc.

22 — Victoire assise à g., tenant une couronne.— Argent. — Trouvée en Sicile.

23 — Maro en deux lignes. — Argent. —Trouvée à Rome.

24 — Bague en bronze doré, sertie d'un cabochon orbiculaire en sardoine. Sujet de la gravure : Apollon citharède assis.

25-26 — Femme drapée, debout à g. etc. — Argent.

27-28 — Deux Bagues, argent et bronze : tête de Vénus (trouvée à Capour), etc.

29 — Bague d'or finement ciselée, ajourée et granulée ; sur le chaton, un masque de femme appliqué sur un nœud. — *Planche I.*

30 — Bague en bronze doré, sertie d'un jaspe brun orbiculaire (faon à g.). Trouvée à Rome.

31 — Masque en relief. — Argent, fragmenté.

32 — Pâte de verre jaune (homme assis à g.).

33 — Jolie Bague byzantine en or : monogramme compliqué. — *Planche I.*

34 — Autre : le Christ debout entre un empereur et une impératrice. Légende : OM[O]NYA (sic), **concorde.** — *Planche I.*

35 — Bague en fer : Deux bustes dans une couronne.

36 — Bague d'or estampée (style barbare) : deux époux debout, se donnant la main. Légende : OMONOIA (**Concorde**).

37-39 — Trois Bagues, bronze et fer (cavalier barbare, etc.), dont une du Moyen-Age (croix pattée entourée d'une légende).

40 — Bague byzantine en or, finement granulée : monogramme formée des lettres ΘHPA. — *Planche I.*

41-42 — Deux Bagues en bronze (archange debout, etc.).

43-44 — Deux Bagues en fer (quadrupède, etc.).

45 — Bague byzantine en or, sertie d'un grenat en cabochon (monogramme), l'anneau ciselé.

46 — Buste drapé de face. — Argent. — *Planche II.*

47-50 — Quatre Bagues en bronze (dauphin et gouvernail, agneau pascal, inscriptions byzantines).

51 — Inscription byzantine : HANHC **(Johannes)** O CAPΔHNOC. — Argent. — *Planche II.*

52-54 — Trois Bagues en bronze (inscriptions byzantines, etc.).

55 — Bague en fer niellé et plaqué d'or : deux palmes dans des cadres ovales. — Trouvée à Narbonne.

56-58 — Trois Bagues en bronze (buste d'archange, AKVΔA, etc.).

59 — KE BOHΘH TO ΦOPO. — Argent ; chaton ciselé, folioles en relief sur les branches. — *Planche II.*

60-65 — Six Bagues en fer (chandelier juif, légendes byzantines, etc.), trouvées en Egypte.

66 — Petite Bague en or : signes magiques sur le
chaton et sur l'anneau. — *Planche I.*

67 — Bague vénitienne en or, ciselée, le chaton
de forme oblongue et ne figurant qu'un
cartouche.

68 — Bague en bronze ; fleuron en émail vert et
rouge. Bas-Empire. — *Planche II.*

69-75 — Sept Bagues en bronze, ornées de pâtes
de verre ; la dernière est reproduite à la
Planche II.

76 — Bague en bronze ; sur le chaton, trois losan-
ges émaillés de rouge sur fond vert (v° siècle).
— Trouvée à Santeuil (Seine-Inférieure . —
Planche II.

77 — Bague en argent sertie d'une pâte de verre ;
gravures sur l'anneau.

78 — Bague en or ciselé, le chaton remplacé par
deux alvéoles ronds sertis de pâtes rouges ;
sur les branches, restes d'une légende.

79 — Bague mérovingienne en argent ; jonc can-
nelé ; chaton en forme de calice.

80-96 — Dix-sept Bagues en bronze (monogramme, chatons avec pâtes de verre, etc.).

97-108 — Douze Bagues en bronze : monogramme chrétien au-dessus d'un navire ; buste à dr. avec les lettres TO (trouvée à Moislains (Somme), etc.

109 — Bague mérovingienne au monogramme de FRANCVS. — Bronze. — *Planche II.*

110 — Autre avec N barrée par une S. — Bronze. Trouvée près de Gergovie, en 1877. — *Planche II.*

111-113 — Trois Bagues mérovingiennes à monogrammes dégénérés. — Bronze.

114 — Bague mérovingienne en argent, le chaton façonné en fleuron à quatre pétales de verre rouge, le pistil en saphir. — Trouvée à Criel (Seine-Inférieure).

115-121 — Sept Bagues en bronze (croix chrétienne, etc.).

122 — Bague plate en argent (meuble héraldique).

123 — Bague mérovingienne en bronze (N barré par un S). Fragmentée.

124-125 — Deux Bagues de bronze, l'une héraldique, l'autre avec les lettres NH.

126 — Bague d'argent ; chaton en forme de calice serti d'une améthyste en cabochon.

127 — Bague mérovingienne en bronze (monogramme entre deux feuilles d'arbre). Fragmentée.

128 — Bague wisigothe en or, surmoulée sur l'original publié par DELOCHE, n. 298.

129-141 — Treize Bagues mérovingiennes en bronze (monogrammes, croisettes, etc.).

142 — Bague d'argent portant les lettres VVE∆.

143-145 — Trois Bagues de bronze mérovingiennes (lettres isolées, etc.).

146 — Bague portant un monogramme mérovingien. Argent.

147 — Autre, à huit facettes, avec lettres etc. gravées.

148 — Bague semblable.

149-156 — Huit Bagues mérovingiennes en bronze (points clos, etc.), trouvées à Criel (Seine-Inférieure), Lons-le-Saunier, etc.

157-162 — Six Bagues mérovingiennes ornées de ciselures (trouvées dans le départ. de l'Aisne). — Bronze.

163-165 — Trois autres, façonnées en spirale. — Bronze.

166-172 — Sept autres, ciselées. — Bronze.

173-183 — Onze Bagues munies de clefs, dont plusieurs d'un travail très fin. — Bronze. — *Planche II* (n. 182).

184 — Bague en or estampé, sertie d'une cornaline gravée (homme nu assis, à g.).

185 — Bague en or estampé, sertie d'un grenat gravé (mouche).

186 — Belle Bague en or ciselé et ajouré, le chaton en corbeille, serti d'un camée en sardonyx (masque de Méduse). — *Planche I.*

187 — Bague à deux joncs juxtaposés. — Bronze avec traces de dorure.

188 — Bague d'archer portant un grafitte étrusque. — Bronze. — *Planche II.*

189 — Bague en or. Anneau plat; sujet: Cérès debout, tenant un flambeau (gravure au trait).

190 — Bague en or estampé, sertie d'une intaille (sardoine), représentant une Victoire. Fragmentée.

191-192 — Deux Bagues de bronze, dont l'une sertie d'une pâte de verre (cerf couché).

193 — Bague en or estampé, avec intaille en agate noire (lion courant, à g.).

194 — Bague d'enfant en or; chaton en corbeille, serti d'une pâte.

195-197 — Trois Bagues de bronze: chiffres romains VI, XXXVI et LXX. — Trouvées à Rome.

198 — Bague en or estampé, avec intaille en agate (coq victorieux).

199-200 — Deux Bagues en bronze: chimère, etc.

201 — Bague en bronze avec intaille en cornaline (croix chrétienne entre deux poissons).

202 — Bague en or estampé, sertie d'un grenat gravé (Victoire).

203 — Bague en fer, avec une plaque d'argent gravée: deux déesses, dont l'une tient une corne d'abondance, se donnent la main; dans le bas, un cheval paissant. — *Planche II.*

204 — Bague en argent, sertie d'un nicolo: la louve et les jumeaux. Inscription : OΛOΛ.

205 — Petite Bague en or: perroquet à g.

206 — Bague en fer trouvée à Lyon; dans le chaton, une pâte de verre (Mercure debout).

207 — Petite Bague en or, sertie d'une pâte de verre.

208 — Bague en bronze (brisée): lion courant.

209 — Bague en or; sujet de la gravure: Fortune debout à g., tenant un gouvernail et une corne d'abondance. — *Planche I.*

210 — Bague en argent: Amour enfant.

211 — Bague en bronze doré. Inscription : VIV.

212 — Bague en or, avec cornaline gravée (Amour attaché à la colonne et Psyché).

213 — Bague en bronze, fragmentée, avec intaille en agate noire (le Soleil).

214 — Bague en or sertie d'un grenat ovale en cabochon (Minerve debout).

215 — Chaton de bague en fer, serti d'un nicolo (Faune tenant une grappe de raisin).— Trouvé à Sablonnières (Isère).

216 — Petite Bague en or, sertie d'un nicolo (masque de femme).

217 — Bague en argent (bige galopant à g.). — Trouvée à Rome. — *Planche II.*

218 — Bague estampée en or, sertie d'un jaspe (tête de *Tutela*). — Trouvée à Lyon.

219 — Chaton de bague en fer, avec cornaline gravée (Némésis).

220 — Double Bague en or, composée de deux bagues accolées sous un seul chaton serti d'une pâte de verre. — *Planche I*.

221 — Bague en fer, avec cornaline gravée (fragmentée) : Serapis et Isis debout.

222 — Bague en or, l'anneau composé de boules ; chaton en corbeille, serti d'un petit sardonyx à trois couches (aigle).

223 — Bague (brisée) en argent, avec jaspe rouge (grylle).

224 — Bague en or, avec une cornaline en cabochon (Mercure).

225 — Bague d'argent, restaurée, le chaton plaqué d'or et semé de globules en relief.— Trouvée à Cumes.

226 — Bague en or, sertie d'une prime d'émeraude.

227 — Bague de mariage en bronze, le chaton à double jonc, avec deux petits cartels oblongs, portant des lettres latines.

228 — Bague en or, à double jonc. Gravure : Vénus anadyomène et un Amour ailé.

229 — Bague en or ; même forme. Sujet de la gravure : Isis et Serapis.

230 — Bague de bronze, à jonc ciselé. Sujet :
Tête à g.

231 — Bague en or décorée d'un camée en sardonyx (masque de Silène, de face).

232 — Petite Bague en or, à double jonc : bustes
affrontés d'Isis et de Serapis. — Trouvée à
Vienne (Isère).

233 — Bague en or, le chaton décoré de deux
petites pierres, un grenat et un saphir.

234 — Chaton de bague en fer, avec nicolo
(homme nu, debout à g.). — Trouvée à Sablonnières (Isère).

235 — Bague en or, sertie d'un grenat elliptique
en cabochon. — Trouvée à Lyon.

236 — Bague égyptienne en or, gravée.

237 — Chaton de bague en fer avec un nicolo
cerclé d'or (sujet : cheval à g.).

238 — Bague en or ciselé ; chaton en corbeille,
soutenant un petit sardonyx à trois couches.

239 — Bague en or, gravée (Victoire volant à g.).

240 — Bague en or ; légende en deux lignes :
FILLLA-RVFA *(sic)*.

241 — Bague en or, avec cornaline (Silène assis
devant un cratère).

242 — Bague en or, sertie d'une sardoine ronde
(Tête imberbe à g.).

243 — Bague en bronze dorée, trouvée à Rome.
Sujet de la gravure : massue entre deux fers de
lance.

244 — Bague de bronze en forme de serpent
enroulé.

245 — Bague en or ciselé ; dans le chaton, un
nicolo (dauphin).

246 — Bague en or, avec cornaline (aigle éployé
sur le globe ; foudre et sceptre).

247 — Bague en bronze doré, sertie d'une pâte de
verre blanche.

248 — Bague en or, sertie d'une petite cornaline
(déesse debout).

249 — Très petite Bague en or, sertie d'une petite
pâte blanche opalisée.

250 — Bague en or, sertie d'un très petit sardonyx.
— Trouvée à Lyon (Saint-Just).

251 — Bague en argent, formée d'un serpent
enroulé, les yeux creux. — *Planche II*.

252 — Bague en or ; chaton en losange, serti d'une
cornaline en cabochon (inscription : GENI.
Planche I.

253-254 — Deux Bagues en bronze (dauphin en relief, etc.).

255 — Bague en or, sertie d'une agate (buste casqué).

256 — Bague (moderne) en or ciselé, sertie d'une agate (buste drapé à dr.).

257 — Jolie Bague mérovingienne, le chaton figurant un fleuron à huit pâtes de verre bleu turquoise.

258 — Bague en fer avec traces de dorure. Sur la partie supérieure de l'anneau, une femme nue couchée (en relief) tenant un serpent. — Renaissance.

259 — Bague en argent doré, ornée de deux dents en verroterie, de deux clefs minuscules en or et d'un pendentif d'or en forme de triangle.

260 — Petite Bague en or, sertie d'une sardoine conique.

261 — Bague en cuivre ciselé; chaton à quatre faces arrondies dans le bas.

262 — Bague en or estampée; arêtes sur l'anneau, chaton ajouré.

263 — Bague en or ciselé; chaton à trois pans arrondis, serti d'un grenat.

264-265 — Deux Bagues en bronze (mains
jointes), etc.

266 — Bague en or ciselé et émaillé, sertie
d'une prime d'émeraude et de deux brillants.

267-268 — Deux Bagues en argent ciselé, portant
les sigles IHS.

269 — Bague en argent : Aigle à deux têtes :
ΚΩΣΤΑΤΙΝΟΣ ΤΟΥ ΔΙΜΙΤΡΙΚΟΣ *(sic)*.

270 — Bague de bronze à chaton triangulaire
(légende en grec moderne).

271-273 — Trois Bagues en bronze (xvii° siècle).

274 — Surmoulé en argent de la Bague dite du
Prince Noir (Vente du Baron Pichon).

275-276 — Deux Bagues d'argent figurant, l'une
un oiseau couronné, l'autre un lion héraldique. — *Planche II*.

277 — Bague d'argent ; fleur de lis IOHANE
AICI : AI : IA. — *Planche II*.

278 — Écusson avec deux clefs en sautoir.
S. W. D'. VELECLEI (c'est le nom anglais
Wellesley). — Bronze. — *Planche II*.

279-290 — Douze Bagues des xvi° et xvii° siècles.
Argent, bronze et fer.

291 — Bague en or. Chaton ovale : croix plantée dans un globe et parée de bandelettes. PEIRE VIDO. — *Planche I.*

292-296 — Cinq Bagues en bronze avec légendes gothiques. *Très rares.*

297 — Bague en argent doré, avec miniature (homme en uniforme bleu). xviie siècle.

298 — Bague d'or ; anneau tubulaire, miniature ovale (petit temple).

299 — Bague en fer ciselé : deux mains jointes.

300 — Bague en fer ; buste du général Foy.

301 — Grande Bague en argent ajouré : buste de l'Empereur d'Autriche, François Ier, en ivoire découpé et sous verre ; autour, une bordure de 18 brillants.

302 — Bague en or, le chaton en forme de boîte octogonale, avec sujet en ivoire découpé et sous verre : Femme debout près d'un autel, sous un saule-pleureur (en perles) ; devant elle, à terre, quelques colombes. Fond de cheveux tressés.

ANTIQUITÉS DIVERSES

3o3 — Amphore en bronze, les anses amorties, dans le bas, par de petits masques imberbes.— Trouvée dans la Saône, à Colonges, en 1894, et publiée par Steyert : *Nouvelle Histoire de Lyon*, t. I, 326-327.

    Brisures dans la panse. — Sable et cailloux adhérents aux parois. — Haut: 25 cent.

3o4 — Objets provenant d'une tombe mérovingienne trouvée dans le département de l'Aisne : peignes en os, fibule en bronze orné de verroterie, collier, boucle de ceinturon, fragments de coffret, etc.

3o5 — Lionne posant la patte sur un masque imberbe coiffé du bonnet phrygien. Bronze antique.

    Quelques lésions. — Patine noire. — H.: 5 cent.

3o6 — Plaquette carrée en cuivre doré, ciselé et émaillé. Sujet: Archange à mi-corps, de face. Émaux champlevés (blanc, bleu turquoise, bleu lapis, etc.). — Travail français de Limoges. XIII\u1d49 siècle.

    Quatre trous de scellement. — H. et L.: 7 cent.

307 — Petit Chandelier en cuivre doré et émaillé. Décor floral, émaux champlevés (rouge et vert). — Travail français de Limoges. XIII⁰ siècle. — H.: 17 cent.

308 — Volet de diptyque en ivoire, figurant le Christ en croix entre les deux Saintes Femmes. — Travail français de la fin du XIIIᵉ siècle. — H.: 18 cent.

309 — Diptyque en ivoire. — Sujets : L'Annonciation, la Nativité, le Christ en croix et sainte Madeleine à genoux devant le Christ ressuscité. — Travail français de la fin du XIIIᵉ siècle. — H.: 87 millim.; L. totale: 185 millim.

310 — Cire italienne du XVIᵉ siècle, figurant Dante, à mi-corps, sur son lit de mort. — H.: 9 cent.

> Faite par le sculpteur AZZOLINI pour le prince Marc-Antoine Doria. — Voir le catalogue de la vente SCHEWITZ.

311 — Peinture française du XVIᵉ siècle.— Portrait de jeune Femme parée de bijoux. — H.: 165 millim.; L.: 12 cent.

312 — Portrait polychrome de Bonaparte, sur velours, dit *velours Grégoire.* — H.: 17 cent.; L.: 18 cent. — Bordure du temps.

313 — Portrait polychrome de Louis XVIII, sur velours, dit *velours Grégoire.* — H.: 19 cent.; L.: 15 cent. — Bordure dorée du temps.

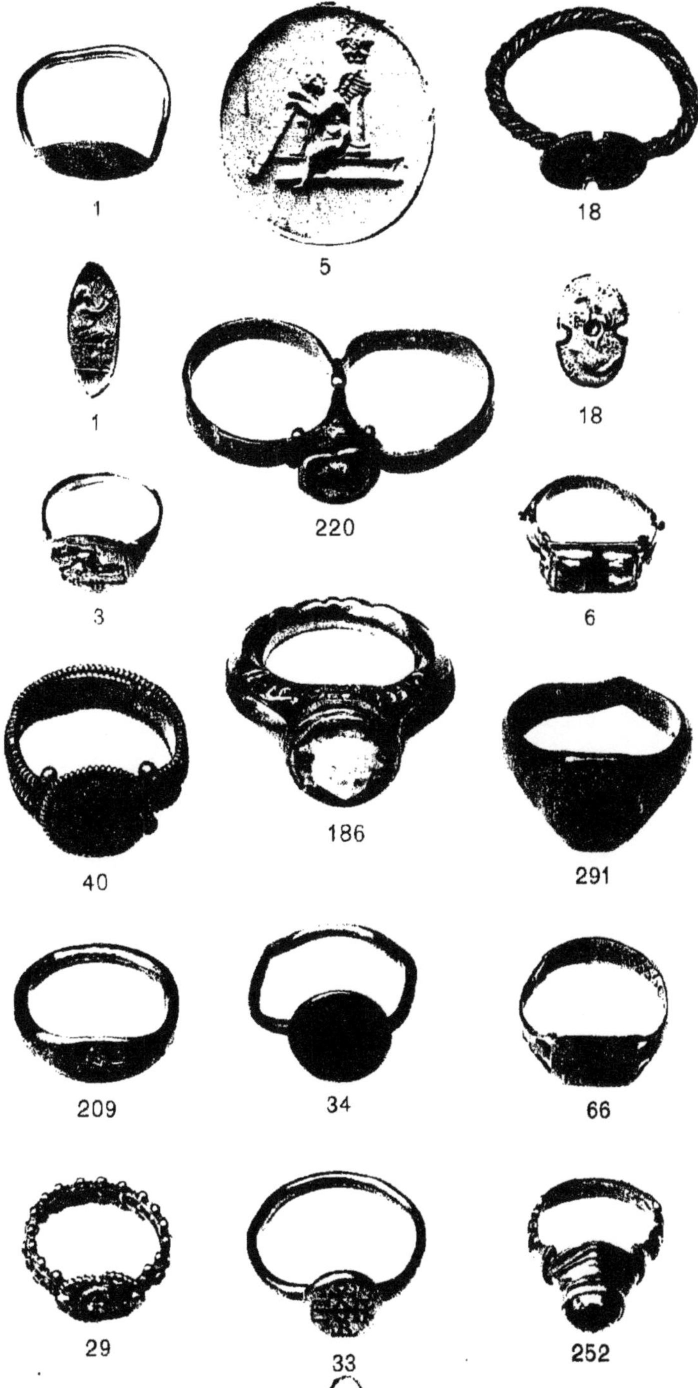

1
5
18
1
220
18
3
6
40
186
291
209
34
66
29
33
252

46
4
68
75
59
51
76
109
110
182
188
203
217
251
278
275
277
276
B.N.
EST

RED.:

16

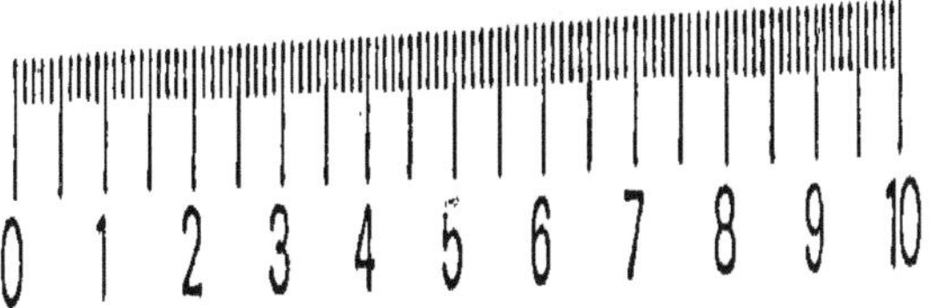

graphicom

MIRE ISO N° 1
NF Z 43-007
AFNOR
Cedex 7 - 92080 PARIS-LA-DÉFENSE

0 1 2 3 4 5 6 7 8 9 10

BIBLIOTHEQUE
NATIONALE
DE FRANCE

****

CHATEAU
DE
SABLE
1996